U0002445

DARCY

the

Flying Hedgehog

刺蝟達西的異想世界

塚本翔太◎著

徐端芳◎譯

序言

2010年春天,

我家來了一位,
像男孩一樣活潑又愛鬧脾氣,
小小的、小小的刺蝟女孩。

她有純白色的胎毛和粉紅色的臉,
身上背刺根根分明而尖銳,
她就像小女孩一樣。
我替她取了Darcy這個名字。

和Darcy剛開始相處時,
她總是慢吞吞地緩緩移動,
當我悄悄接近,
她就一溜煙地跑開,
把她放在掌心上,她就會大鬧一番。

Darcy最喜歡睡覺,
她總會在我手上安穩的睡著。

有時候,她會氣呼呼地生氣,
把自己蜷得緊緊的,看起來就像毬栗一樣,
不久,她會安穩地睡著。

摸摸她的肚子，
才想她是不是又要生氣了？
只見她一臉舒服的樣子，翻身躺下，
沉沉地睡去。

她似乎忘了自己是一隻刺蝟，
慢慢地向我展現她可愛的一面。

養Darcy已經快一年，
我凝視著在手掌中睡著的她，
我想了想，
如果日子這樣過下去。
在沒有人知道她存在的情況下，了結短暫的一生。
這樣真的好嗎？

我拍了許多照片，
希望我不管過多少年，都不會忘記Darcy陪伴我的時時刻刻，
透過這些照片，
我也希望世界上的每個人知道Darcy的存在。

春天遇見的小小刺蝟，
已經從我的手裡，飛向拿起這本書的你身旁，
和我印象裡的她比起來，
現在的她說不定已經長成很大、很大的刺蝟了呢！

結語

希望妳向世界展翅

希望妳能做到誰都做不到的事

小時候，我向父母問了自己名字的由來

他們告訴我：翔這個字，就是希望給羊翅膀，能向世界飛翔。

——Darcy the Flying Hedgehog

Darcy就像我的孩子一樣，我對她也是這樣的心情。

塚本翔太

國家圖書館出版品預行編目資料

刺蝟達西的異想世界 / 塚本翔太作;徐端芳譯. --
初版. -- 新北市:世茂, 2015.05
　面；　公分. --(青鳥;1)

ISBN 978-986-5779-75-7（平裝）

861.67　　　　　　　　　　104004668

青鳥 1

刺蝟達西的異想世界

作　　　者 / 塚本翔太
譯　　　者 / 徐端芳
主　　　編 / 陳文君
責任編輯 / 張瑋之
封面設計 / 辰皓國際出版製作有限公司
出 版 者 / 世茂出版有限公司
負 責 人 / 簡泰雄
地　　　址 / (231)新北市新店區民生路19號5樓
電　　　話 / (02)2218-3277
傳　　　真 / (02)2218-3239（訂書專線）、(02)2218-7539
劃撥帳號 / 19911841
戶　　　名 / 世茂出版有限公司
　　　　　　單次郵購總金額未滿500元（含），請加50元掛號費
世茂網站 / www.coolbooks.com.tw
排版製版 / 辰皓國際出版製作有限公司
印　　　刷 / 祥新印刷股份有限公司
初版一刷 / 2015年5月

I S B N / 978-986-5779-75-7
定　　　價 / 220元

DARCY?

here

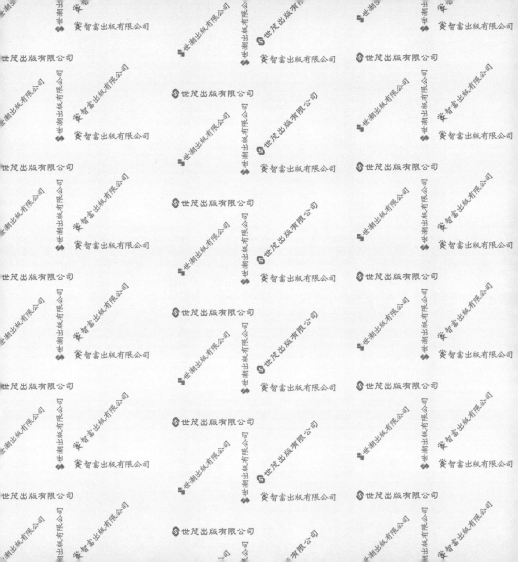